붉은 시간

현대시조 100인선 018

붉은 시간

초판 1쇄 인쇄일 · 2016년 08월 17일
초판 1쇄 발행일 · 2016년 08월 27일

지은이 | 우은숙
기　획 | (사)한국문화예술진흥협회, 한국시조문학관
펴낸이 | 노정자
펴낸곳 | 도서출판 고요아침
편　집 | 박은정, 이유성, 김남규

출판 등록 2002년 8월 1일 제 1-3094호
03678 서울시 서대문구 증가로 29길 12-27 102호
전화 | 302-3194~5
팩스 | 302-3198
E-mail | goyoachim@hanmail.net
홈페이지 | www.goyoachim.com

ISBN 978-89-6039-835-1(04810)
ISBN 978-89-6039-816-0(세트)

현대시조 100인선

018

붉은 시간

우은숙 시집

고요아침

이제 다시 시작이라 쓴다

새벽녘 어스름에
꿈틀대는 생명에 대해서도

다 헤진 가슴을
붙들고 선 몸에 대해서도

엎어지고 깨져도
뜨겁게 달궈진 시에 대해서도

이제 다시 시작이라 쓴다

2016년 8월
우은숙

■ 차례

제2부 시작이라 쓴다

제3부 정선아리랑

제4부 따뜻한 하루

제5부 밤에 눈 뜨는 강

1부

접힌 몸 걸어간다

새벽길

다 헤진 계절 안고 나이테를 꺼낼 때면
휘어진 시계 앞에서 안부 가끔 궁금하죠
비명을 지르다 말고 뛰어가는 사람 있죠

문신처럼 새겨 넣은 무채색 시간이
동강 난 상처를 뜬눈으로 어루만져도
더 이상 아파 마세요
언 손톱이 창백해요

그래도 보세요
저 들판 푸른 입술
잡초가 잠 깨는 아슴한 새벽길

보세요
몸 부풀잖아요
동쪽 하늘 열리잖아요

저녁 7시

길 나선 저녁 7시
벚꽃 사이로 널 만난다
너와 나 입술 보네
새로 얻은 하루치 밥

결코, 넌
사라지는 게
아닌 것의
한순간!

접힌 몸 걸어간다

앞서 가는 김 반장의 바지 주름을 본다
견고한 오기로 시간 세는 무릎 안쪽
굵직한 하루를 접은 또 한 줄이 보태진다

어제를 증명하는 흘림체 이력 위에
노사문제, 임금문제 주렁주렁 매단 채
오늘도 여러 겹 접힌 몸 흔들며 걷는다

화성 암문暗門

귀먹은 돌을 만져 때로는 말을 꿰매고
금 간 벽의 틈새 소리 몸으로 듣는다
안으로 견뎌낼수록 더욱 견고한 바깥

물음표를 귀에 달고 몸 낮춘 초저녁
닿지 않은 성벽 끝에 촉수 낮은 불을 피워
숨겨둔 세한歲寒의 발등 내보이는 숨은 꽃

권주가 勸酒歌

빈 병이 일곱 개다
두 개는 넘어져 있다
사내는 셋이다
사내들 혀가 꼬였다
소리가 높아지더니 한바탕 몸싸움이다

보태준 거 있냐며 고래고래 악다구니다
통증을 모두 세워 허공을 찌른다
계단 밑 모든 눈들이 송곳으로 변한다

다시 앉은 술판은 빚과 파산이 권주가다
아니다 이 강퍅한 세상이 권주가다
목청껏 흔들리는 가락
빈 어둠만 귀 세운다

몸이 지워진다

고양이 붉은 눈빛이 휘어진 깊은 오후

더 이상 아이를 낳을 수 없는 여자는
바닥에 그림자만 잔뜩 포개며 낳는다

사방에서 들뜬 햇빛 여자 몸을 핥는다

까르륵 웃음소리 멀리서 났던가
비좁은 철망 사이로 가을 해가 내달린다

저물녘 여자는 갑자기 바빠졌다
제가 낳은 그림자를 제 몸에 도로 넣는다

그 몸이 지워지고 없다 그림자도 거기 없다

채석강

마음의 벼랑 끝 허기를 끌어당겨
마침표 하나 없는 문장을 읽는다

말랐던
가슴 밑바닥
내리치는
절벽 사이로,

오래된 각질

어느새
한몸이 된 불편한 동거생활
밀착된 시간들을 벗겨내려 애써도
무형의
몸을 갖고도 짐승 소리 크게 낸다

오래된
나무에 살 냄새 나는 것은
묵은 정 삭고 삭아 토해내는 비명 때문
창백한
그믐달의 솔기 뒤꿈치에 닿는다

악수握手

이십 년 전 담당한 교도소생의 검정고시
출소한 그 남자가 먼 길 달려 찾아왔다
시퍼런 날 선 머리에 칼날 같은 빛을 띠며
내게 손을 내밀었다 친절이 고마웠다고
난 순간 머뭇거렸다 손 내밀지 못했다
온몸이 오그라들었다 시선도 쪼그라들었다

친절을 후회했다 미소도 찢고 싶었다

이십 년 지난 오늘, 비로소 손 내민다

천,천,히 허공에 대고 그 남자와 악수한다

몸의 길

길은 외길이다
좁고 캄캄하다
나온 적 있지만 들어간 적 없는 길
오늘은 비어 있는 길
길인지조차 잊고 산길

당신의 몸을 뚫어 통로를 만들고
당신의 몸 위로 길을 내며 달려온 길
수십 년 걸어온 길에서 그만 발을 헛디딘다

그 길을 돌아보지 않은 지 오래다
언제나 환할 거라 믿었던 길 끝에
휘어진
망초꽃 하나
아슬하게 서 있다

능소화

사무친 목젖이
파르르 떨린다
수많은 귀를 열어
사랑 노래 듣는 순간

숨 막힌
내 생의 파편
튕겨져 나온다

조간朝刊

캑캑!!
목구멍에 꽉 막힌 머리기사가

길들의 경계선을
순식간에 지워버리자

등 접힌
깃발만 남아
도시 속을 달린다

금불초

사랑은 가지 못해
오늘을 서성인다
목이 멘 꽃대 위에
시든 해로 엷게 남아
파리한 꽃눈 틔운다
절룩이며 틔운다

괄시받던 어제의
닳아빠진 온기가
텅 빈 줄기 위로
노란 꽃물 토해내자
함성이 먼저 춤춘다
여름까지 춤춘다

2부

시작이라 쓴다

시작이라 쓴다

별도 없다 달도 없다
검푸른 새벽뿐이다

바람이 옅어진다
허공이 떨려온다

여든 살 할아버지가 '시작'이라 크게 쓴다

몸으로 흘러왔다
몸으로 흘러가는

슬픔 건딘 편지처럼
생의 뿌리 가볍게 세워

묽어진 새벽을 건넌다 첫눈이 펄럭인다

언제였지?

언제였지? 떨면서 첫 키스 하던 날
겁 많은 당신 입술에 파리한 바람 불고
난 순간 어미 되는 꿈 몸속에 새겼지

열두 명의 아이를 힘겹게 안아 들고
숨겨진 유선乳腺을 재빨리 찾기 위해
부풀어 올라온 달을 있는 힘껏 품었지

바람에 조금씩 함몰되는 유두처럼
사랑도 조금씩 땅속으로 들어갔지
무수한 향기로 꽃 핀 내 시린 날까지

언제였지? 사랑이 온전히 내 것인 때가
여자였던 그 순간의 나를 내가 쳐다보다
슬며시 눈길 옮긴다 오후가 구부러진다

내 혀가 갇혔다

밤마다 심장 소리 가만가만 걸어 나와
들판에 나부끼는 망초꽃에 잠든다
잘려진 단어를 들고 와 저울에 올린다

내뱉고 싶었던 말들과 입술 사이
혀를 가둔 동쪽 끝이 핏빛으로 물든다
파리한 새벽을 흔들어 양손에 새긴다

언어의 목덜미에 토해 낸 상처들이
뭉개진 입술 사이로 큰 죄를 짓는 순간
사랑은 그래도 남아 따스한 온기 품는다

소돌항

주문진 소돌항에서 어둠을 만진다
아니, 내가 만진 건 감춰진 불안이었다
마음을 동여맨 자리 벌겋게 부푼다

식은 울음 삼켜버린 바다의 기침 소리
배경이 되어버린 시인의 눈빛 속에
내 시린 무릎의 한쪽 보일 수 있어 다행이다

나를 지나 또 다른 웅크린 나를 지나
기억의 자국마다 두려움 남았지만
소돌은 그 흔적 거둬 연한 파도로 바꾼다

빈 그릇에 핀 곰팡이

사뿐한 꽃 피었다
희디흰 밥알 몇 톨
윤기 난 몸뚱이 호기롭게 베어 물던
그대의 절명의 순간이 너무나 아쉬워

물푸레나무 푸른 기운 하르르 떨어져
소리 없이 피워 낸 홀씨 같은 눈물들
환하다, 발칙한 생명들
봄밤 슬며 수런댔겠지

손톱 깎는 풍경

똑깍,

하고

떨어진다

신문 활자 그 위에

어지러운 시간들이 벌레처럼 몸을 떤다

겹겹의 이야기를 덮고 투박하게 쌓인다

그녀는

내일

다시

반달로 나겠지만

거침없이 한 세계를 매듭짓는 이 순간

핼쑥한 저 꽃잎 속살 어제의 내가 된다

계절을 건너는 고라니

겨울강에 가 보았다
어린 눈 받는 강
어미의 품속같이 하얗고 따뜻하다
눈발에 혼자서 적은 시들이 중얼거린다

그 순간 펄쩍 뛴다 고라니 한 마리
붉은 노을 사이로 계절을 건넌다
짧았던 누이의 꿈처럼 울음소리만 남기고

내 무딘 눈빛에 문질러진 붉은 광채
자꾸만 배가 부푼다 가슴이 덥혀진다
얼음 밑 봄을 기다리는 이마가 달뜬다

간판 사이에서

저녁을 기억하는 화려한 불빛들과
밤으로 흐르는 사람들이 달려가자
진화된
LED 간판에서
무도회가 시작된다

간판과 간판 사이 그 간극이 낯설어
길가에서 짐승처럼 울어대는 사람들
여전히
아날로그로
오늘을 타전한다

독이 든 뮤즈

감자의 푸른빛엔 독이 들었다 했다
자신을 통째로 흙 속에 파묻은 뮤즈
제 젖을 물리고 싶은 싹 나오기 기다렸다

땅에선 아무것도 나오지 않았다
싹도 잎도 끝끝내 나오지도 않았다
처절한 춤사위만이 짙은 독을 뿜어댔다

하루에 한 번씩 매일 다른 벽을 넘고
겹겹의 치마 사이 딴 세계를 건너다녔다
조명이 꺼진 무대에 때론 꽃이 피었다 했다

결빙구간

바람에 헹궈내도 빈산뿐인 당신의 절망
닳고 닳은 울음 속에 아이 하나 품는다
시침은 바보가 됐는지 거꾸로 돌고 돈다

당신은 서둘러 그림자를 거두지만
은폐된 냉기마저 몸속에서 꿈틀대자
슬픔의 살갗 튼 발목 언 강을 건넌다

얇아진 시간

헐어버린 잇몸 사이
고름이 만져진다

썩어서 뿌리째
달랑거리던 이 하나

얇아진
시간 사이로 툭,
무심한 듯 떨어진다

푸른 소리 났던가
잎들이 팔랑거린다

참았던 숨 내뱉고
안심하는 하루처럼

얇아진
내 몸 사이로
봄밤이 살찐다

비는 그칠 것 같지 않다

술꾼들이 모여든 단골집 포장마차
하나둘 술기가 얼콰하게 오를 무렵
후드득 천막 지붕을 빗소리가 때린다

누구는 정치가를 핏대 세워 욕하고
누구는 사회가 썩있다고 삿대질이다
전화가 계속 울려도 약속처럼 받지 않는다

욕은 점점 날것이 된다 의자도 삐걱인다
어느새 술병까지 소리 보탠 그곳엔
마알간 백열등만이 빗소리를 적는다

도무지 그 비는 그칠 것 같지 않다
술자리도 쉽사리 끝날 것 같지 않다
그렇게 다 젖은 새벽이 다가오고 있다

개망초

비 그친 후 근질거리던 제 몸을 일으켜
개망초가 광장으로 무리 지어 달려간다

꽃망울 터트린 함성 종이컵에 흔들리고

촛불에 촛불로 이어진 행렬들은
여름밤이 모자라 먼 시간까지 끌어당긴다

아직도 개망초 춤판 끝날 줄 모른다

8월의 보스니아

보스니아 내전으로 아들과 남편 잃은
여인의 소망은 꽃잎보다 더 작다
그 누가 단 한마디만 해주기 바랄 뿐

아들이 어디서 어떻게 죽었는지
남편이 어디서 어떻게 죽었는지
그녀의 소원은 단지 그뿐, 그것뿐

총알 자국 남은 건물과 여인이 닮았다
보랏빛 맥문동에 눈물이 박힌다
아직도 내전 중이다 8월의 보스니아는

3부

정선아리랑

붉은 시간

삶이 꽤
악착같이 들러붙을 때가 있다

절박한
시간만이 내게로 올 때가 있다

퇴근길
쪼그라든 해가 등 뒤에 걸린 그때

정선아리랑

손도 발도 다 녹고 목소리만 남았나 봐

목젖만 남겨놓고 몸 던지는 꽃잎처럼
혼자서 흘러왔다가 터져버린 폭포처럼

울 수조차 없는 한을 안으로 삭히며
강 밑바닥 물청때 밀봉 풀고 건진 소리

잘 익은 막걸리 속엔 후렴구만 짙게 핀다

소금밭

내 안의 나를 지나
그대를 찾는 길

땀띠 같은 햇살 건너
도착한 저녁때쯤

눈짓에
잃어버린 사랑
눈짓으로 다시 피는

내 귀는 늘

몸 버리고 온통 귀로 살아온 마이산
탑사의 빼곡한 밀어들을 찾아내
언 하늘 징 치자마자 파랗게 터진다

하고픈 말 하도 많아 묵언으로 버티다
천둥 칠 때 하늘로 솟아오른 백비처럼
온 세상 소리 담아낸 마이산은 귀가 크다

내 귀는 작고 작아 마음도 늘 빈집이다
애써 귀 늘려도 또다시 작아진다
뒤틀린 노래만 잠시 산허리를 감쌀 뿐

몸이 걸어 나온다

누군가 불러주는 이름을 손에 들고
부스스 비듬 털며 몸이 불쑥 나온다

길 위에
닳아진 맨발
하얗게 걷는다

주문처럼 받아 적는 두려운 마음 뒤에
허허로운 일상 메고 호명 속을 걷는 몸

뒷걸음
외줄에 걸린
마른 살갗 움켜쥔다

섬 속의 섬

피바람 그대로 덮을 수는 없는 거다
가혹한 바람이 새겨진 흔적마다
아직도 삭지 않은 기억 들려주는 청령포

이제, 울음 삼킨 물 위를 내가 걷는다
절룩이다 뒤돌아보다 헛딛는 걸음 사이
멈춰진 한 세계 뚫고 증언하는 섬 속의 섬

황태

스무 번쯤 사시 되어 얼다 녹는 푸른 혼절
주름진 얼굴에 성에꽃 피기까지
그 덕장
차마 보지 못하고
곁눈질로
보고 마는

도마

너를 잊기 위해 여러 번 내리쳤다

흩어진 눈물 매단 세세한 말과 씨

삭제된 시간을 모아

쓰다듬는 오랜 몸짓

규칙은 무슨

굽은 등 둥글게 말아
푸성귀 몇 점 펴고
한쪽에 자리하자마자
득달같이 달려오는
아파트 경비 아저씨
가세요, 빨리 치워요

아저씨, 그냥 두시죠
안됩니다 규칙이에요
그래도 잠깐 할머닐…
안된다니까 왜 그러세요

니기미
규칙은 무슨

엿 먹어라 규칙들!

빛

오동나무 이마에
뚝!

고양이 수염에
콕!

화살처럼 꽂힌다
순간, 비틀거린다

고요로
누군가를
확,
깨우는

미친 노래

소리가 멈춰 서다

골목길 접어들다
휙, 뒤를 돌아본다

그림자가 지나간다
머리가 쭈뼛 선다

소름이 확 밀려온다
재빠른 움직임이다

핸드백 움켜쥔
내 손을 스쳐 가던
그림자 나를 삼킨다

소리가 멈춰 선다

나보다 더 놀란 고양이
두려움을 핥는다

계단을 헛디디다

발목이 휘청한다 세상도 휘청한다
헛디딘 틈새 뚫고 세상의 헛것 핀다
그 순간 민들레 꽃잎
제 몸을 낮춘다

바람이 민들레로 지나갔다 생각했다
헛것들 빈말이라며 흘림체로 들었다
아뿔싸 발가락골절!
내 몸 깊이 더 낮춘다

문상

고인의 생애를 눈곱만큼도 알지 못한다
아니, 눈곱만큼도 알고 싶지 않은 박 씨다
하지만 고인의 아들 밥줄 걸린 상사다

구김 많은 회사생활 지겹다 생각할수록
승진 못 한 울분으로 술 한 잔 기울이다가도
그 상사, 문상한 일을 잘 기억하기 바랄 뿐

소리사에 들다

달팽이가 관 속에서 걸어 나오는 저 소리

저녁의 미간 열고 서녘 하늘 축 돋는 소리

그대가 내 안에 처음 출렁이던 떨림소리

시뮬라크르

기억의 집합체가
생이라고 한다면

기억에서 사라진 나
있거나 혹 없거나

나 또한
가짜다
가짜

허울만
펄럭인다

4부

따뜻한 하루

좋은 예감

물달개비
피는 동안
숨죽이는
새벽 길

고요 밟는
어린 노을
바람마저
멈춰 서자

씨방에
가득 담긴 안부
터질 듯한
이 아침

따뜻한 하루

온종일 달을 키웠다
시린 손을 말리면서

눈물을 매단 새는
좌표를 향해 날고

벌판을 걸어온 창문
꾸역꾸역 뒤따른다

지친 발에 걸린 눈썹
낮은 길로 돌아들자

내 몸을 감싸던 벽
푸른 잎 여리게 돋고

허기진 저녁의 숲엔
따스해지는 발자국들

뜬 돌에게 묻다

그 어떤 물음도 마련하지 못했습니다
누워 흐르는 돌 앞에 허방 디딘 막막함이
빈혈의 꼬리를 잘라 감춰 둔 까닭이지요

공중에 매단 꿈이 한사코 발버둥 치는
부석사에 노을 지면 풀벌레 가득 모여
끝끝내 해답 없는 물음 하나씩 꺼냅니다

갈급한 허기 담긴 실타래를 풀고 나니
가슴 획, 치고 가는 잊었던 원시의 꿈
싱싱한 자유를 쫓는 화살이 됩니다

가난한 축제

우리 동네 과수원에 봄마다 피는 배꽃
올해도 어김없이 허리 휠 듯 피었는데
고딕체
영농금지가
개발구역 통보한다

숨 막히게 피워낸 눈부신 절정의 행렬
시리도록 폭죽 터진 저 축제 언제 끝날지
아찔한
고요의 시간
화두처럼 번져갈 쯤

재빨리 몸 안으로 배나무를 가지고 와
거친 내 몸 구석에 정성 다 해 심는다
입안은
금방 배꽃으로
가득 찬 수레다

그때, 과수원 앞 좁은 길 사이로
천천히 자전거를 밟고 오는 사내아이

스르륵

흰 꽃잎 열고

배꽃으로 들어온다

변산반도

하늘 닦던
햇살이
수평선을
핥아주고
자막처럼
달려와
하얗게
들뜬 속살로
내 안을
확, 펼쳤다가
이내 접는
변산
반도

슬그머니

이런 게 보통사람 사는 모습 아닐까

지하철에 희고 부신 아가씨의 다리를
중년의 신사가 슬쩍, 안 본 듯 쳐다보는

언뜻언뜻 보이는 목련 송이 같은 가슴
한 손에 고리 잡고 한 손에 신문 쥔 남자
여자의 가슴팍을 살짝, 넘겨다보고 마는

그러다 지하에서 지상으로 확! 하고
뻥튀기하듯이 튕겨져 나오면

눈동자 다들 슬그머니 제 자리로 옮기는

저녁 해

찬란한 치마폭은 유혹을 위한 마술
눈도 입도 다 가리고 맥박만을 남겨 논 채
숨어서
또 다른 해를 뜨겁게 익힌다

동행

강물 위를 달리는
춘천행 2시 기차

기다림의 휘장 두른
땀내 절은 긴 의자에

어머니
눈물 같은 강
출렁출렁 올라탑니다

한때는 강이었고
한때는 기차였던

어머니 젖은 숨에
포개진 내 그림자

한순간
동행이 됩니다
터널 속이 환합니다

사랑은 그래서 아프다

꽝꽝 언 왕송저수지에 얼음 썰매 타면서
호기심에 건넌다
무언가 툭! 발에 채인다

얼음 틈,
보시의 배를 내민
물고기 한 마리

여몄던 단추 풀고 겨울 철새 허기 위해
풍장으로 누워 있는 물고기의 허연 살점

총·총·총
새들의 발자국
빙판 위에 바쁘다

숨 가쁘게 살아왔을 물고기 한 생이
물감처럼 번져 와 하늘 한번 쳐다보니

그 속에
낯익은 미소로

웃고 있는 내 어머니

새 먹이 된 물고기처럼 몸을 비운 내 어머니
그 살점 뜯어먹기 위해 안간힘을 쓴 나에게

이제는
탄력도 없는 가슴
오늘도 저리 내민다

물무늬를 읽다

다 젖은
알몸으로 선
보문사 밑 옹기들

하늘 끝 빗줄기 물고 새 한 마리 높이 날자

누낭淚囊의
이력 풀어낸

돋을무늬
섬
하나

7번 국도

뭉개지고 나서야
비로소 길이 된다
낮게 낮게 겹쳐져
절룩이며 이은 길
바람의
느낌표 밟은
경북 영덕 그 어디쯤

언뜻언뜻 내비치는
바다를 만지다가
스스로 어둠 택해
작은 빛이 되는 길
덧칠한
묵은 상처도
길 위에서 길이 된다

종이 고양이

싸늘한 아스팔트에
다 죽지 못한 고양이가
사지를 꿈틀거린다
펄럭펄럭 종이처럼

진종일
오한이 났다
가슴에서 몸에서

며칠 후 스친 그곳
마분지로 엎드려
길과 하나가 되어버린
고양이, 그 고양이

아, 춥다
식은 꿈처럼
사슬 풀지 못한다

시간을 설거지하다

달그락 눈물샘에서 소리가 난다
날이 선 신경들이 떠오를 때마다
회색의 깊은 얼룩들 점점이 깨어난다

무시로 떨어지는 무채색의 시간들
내 몸에 흐르는 물소리 끌어당겨
설거지, 설거지를 한다 속울음에 닿도록

어둠도 꽃이 된다 빛이 되는 순간에는
맑게 씻긴 시간들이 싱크대에 포개질 때
화르르 거품 사이로 물방울 꽃이 핀다

빈집

― 이중섭의 옛집

탈색된 기억이 습관처럼 누워있다

먼지만 숨 쉬는 곳

그 속에도 생명은 있어

바람이 거미줄 당겨 소 한 마리 끌고 간다

시월의 강

1.
내 안의 딱딱한 물체들이 부드러워진다
막 배를 놓쳐도 발 구르지 않는다
물살이
점점 푸르게 에둘러 흘러간다

2.
흐름의 물결 위에 쓰린 마음 널다가
두 눈 가득 고이는 음각된 눈물 꽃
내 마음
푸른 악기로 부풀어 오른다

3.
거꾸로 북받치던 아픔의 불 삭이고
어둡게 뛰는 피 말갛게 걸러내는
가앙, 강
입안에 가득 핀 너의 이름 부른다

5부

밤에 눈 뜨는 강

흐름의 시학

꽃잎이 이리저리 흩어진 소양강에
그 꽃잎 다칠까 봐 물길이 주춤주춤
급류에 걸린 돌부리 등에 업고 에돈다

바람도 길을 바꾸어 꽃잎 따라 흐르고
발그레한 하늘길도 흐름 쫓는 강가에
저 혼자 흔들며 몸을 푼, 꽃잎 떨군 빈 가지

강물은 밤새도록 내 몸속을 흐르는데
난 거부의 몸짓으로 엽서를 채웠구나
아, 오랜
시간 후에야
깨닫는 가을 일기

시간의 눈금

절반쯤 걸어왔을 굳은살의 꽃밭에서
수많은 마침표를 꽃잎처럼 등에 달고
맨발로 눈금을 새긴다. 또 한 줄이 보태진다

한 금 한 금 짚어가며 읽어보는 갈피마다
아쉬움의 덧칠 흔적 숨이 헉헉 막히지만
백비白碑의 내일이 있다. 짜릿하게 꽃물 드는

빈 우물

어머니는 굴을 파고 그 속에 사신다
우물이었던 몸에서 세월을 다 토해내고
오늘 또, 몸속 깊숙이 두레박을 내린다

퍼내도 다시 고였던 화수분의 어머니
천천히 한 움큼씩 화농의 시간 덜어
천수경 독경 소리를 빈 우물에 새긴다

오, 이런

다급하게 걷다 보니 눈이 멀었네
떠도는 헛것들의 서글픈 사랑
오, 이런
이 세상 한 모퉁이
구멍 뚫린 일로 가득 찼으니

세상이 만만치 않은 건 알았지만
숨을 구멍조차 없는 우리들의 그림자
오, 이런
어쩌란 말야
햇빛마저 서늘해졌으니

더 이상 참을 수 없는

우리 집 창고엔 어둠을 덮고 누운
자잘한 것들이 살 부비며 살고 있다
모종삽, 낡은 소쿠리, 녹슨 호미, 괭이까지

그뿐인가 봉숭아, 맨드라미, 국화꽃
무, 배추, 오이, 호박, 붉은 홍화 씨앗까지
모두 다 어둠으로만 제 몸을 감싸고 있다

천지간 잔 멀미로 울렁이는 전갈 받았나
서로의 몸 흔들며 하나둘 깨어난다
작은 발 꼼지락거리며 수런대는 저 생명들

기억보다 몸이 먼저 알아낸 빠른 감각
겨우내 끌고 온 침묵의 흙 앞에서

더 이상 참을 수 없는
봄,
봄인 것이다

물렁한 힘

마른 바람 흔들리는 저물녘 강변에
제비꽃 몇 송이
여린 몸이 휘청한다

흐름의
습관을 잠시
거꾸로 접는 물결

순하게 몸 낮춘다 저음의 악기 되어
저녁별이 눈 뜨기 전
재빨리 뿌리에 닿아

땅을
꽉
움켜잡게 하는
물렁하고 둥근 힘!

무릎 속 찬 별

어머닌 늘 어둠을 솎아낸 별 쪽으로 발 딛으려 애썼지
만 옹이 박힌 생인발은 뜨락에 하현달 같은 가로등도 켤
수 없었다

물기 없어 말라버린 상사화 꽃대처럼 마른 날만 반복되
는 헛헛한 치마폭엔 얇아져 가랑대던 몸 짙은 그늘 서걱
대고

빈 벽에 걸린 달력 눈물 빛 매듭들은 시간의 더께로 관
절염만 키워내 어머니 무릎 세상엔 찬 별들만 가득하다

인디언 춤

아주 잠깐 거울 속을 걸어가는 꿈을 꾸었다

인디언 마을이 숭어처럼 튀어 올랐다
바람이 휙, 지나가자 한 사내가 춤을 춘다

검다가 붉었다가 또다시 흰빛의 춤
포개진 눈물 펴며 서럽게 추는 춤
허공에 뻗친 손끝에 빈손만 거두는 춤

실업의 울음 삼킨 사내의 등을 타고
빚 독촉 은행의 귀 찢는 전화벨 소리

화들짝 잠 깨고 난 뒤 얼어붙은 잔상, 잔음

가면

오늘도 울고 싶은 마음을 감추고
얼굴은 환하게 웃고 있는 사람들

으흐흐
아흐흐허흐

가면이 수십 개다

혓속에 감춰둔 어둠을 잘라 먹고
위선의 징을 울려 한 생의 무대에 선

어설픈
주연 배우들

일상이 배경이 된

자모字母

은빛 같은 볕 아래 뿌려지는 홑잎들
하나하나 말갛게 헹궈지지 않은 슬픔

가을날 첫 줄에 쓴다
서늘한 그리움이라고

내게로 와 이카로스의 날개가 되어버린
후조候鳥의 찢긴 날개, 비상할 수 없는 음성

켜켜이 접었던 아침
부화가 시작된다

밤에 눈 뜨는 강

검푸른 이마 위에 별빛을 따서 담고
물결 따라 일렁이는 오늘의 발자국들
총총히 물을 건너며 하나둘 깨어난다

계절의 뜰 안에서 혼절한 목마름
물굽이 돌아 돌아 밤으로 향하는데
스며라 깊은 숨소리, 밤의 허울 속으로

달빛에 아롱지는 등 시린 환한 속살
어둠을 마시며 끝없이 달려가는
숨 쉬는 강물 사이로 내비치는 숨은 내력

투명한 거울 속에 또 다른 내일 위해
길게 누워 서성이다 허공 가른 기침 소리
밤에만 눈 뜨는 강, 그 강에 내가 있다

붉은 땡볕

미친 듯
불 지피는
하늘 끝의
붉은 땡볕
솟구처
일어나는
진한 함성
황홀경은
타버린
사랑 감추고
검은 숯 되려나

마른 꽃

아삭아삭 소리 내며 마른 볼 비벼대는
그 바람에 가슴 얹고 바깥세상 내다본다
무채색 음조로 엮은 그리움을 담아서

꽃 속에 숨어 있는 씨방의 하얀 흐느낌
가을 들녘 너머로 빈 마음 깊어지면
한 줄기 바람꽃으로 핀 창가에 내가 선다

화석으로 앉아서 천 년을 읽어 가도
서늘하게 빛나는 메마른 햇빛 순례
향기는 저만치 가고 저녁놀만 뜨겁다

점으로 남은 쉼표

뚜렷이 보고 싶어 한숨 한 번 길게 쉬면
감춰졌다 나타나는 긴장된 자유를 본다
끝끝내 점 하나로 남은
쉼표 하나 부여잡고

가슴 한쪽 굴곡진 의식의 벽을 깨고
열린 마음 열린 생각 하소연 되어 덜컹거리는데
쉼표에 담겨진 생각
별이 되어 내려온다

봄이 오는갑다

꿈틀꿈틀 들녘 사이로
아롱아롱 봄이 오는갑다
헤실헤실 웃음 띠며
귀밑머리 간질간질
한 순간
벌름거린 봄기운
그렇게 오는갑다

새로운 가능성으로 의미망 짜기

1. 시조와 의미망 짜기

몇 년 전 흐드러지게 활짝 핀 배꽃을 보았다. 아니, 보고야 말았다. 재개발지구에 편입된 배 과수원에 주인을 잃고 제멋대로 가지를 올려 화들짝 피어있는 그 꽃. 그야말로 애타게 자신의 최후를 말하는 그 꽃. 가장 화려하게 그리고 가장 자유롭게 피워낸 그 꽃을 말이다.

숨 막히게 피워낸 그 꽃을 보는 순간 봄날 햇살은 환각의 칼날이 되어 내 가슴팍을 싸늘하게 긋는 것이었다. 마치 카뮈의 『이방인』에 나오는 뫼르소가 햇빛 때문에 살인을 저지르는 것만큼 강하게 다가왔다. 아마 그것은 그 화려하고 흐드러지게 핀 그 꽃이 아무리 애써도 가을에는 단 하나의 열매도 맺지 못할 처지라는 것을 알기 때문인지도 모른다.

작품 「가난한 축제」는 그렇게 탄생된 작품이다. 하지만 생각해 보면 나의 작품 전체에 흐르는 요체이기도 하다.

재빨리 몸 안으로 배나무를 가지고 와

거친 내 몸 구석에 정성 다 해 심는다

입안은

금방 배꽃으로

가득 찬 수레다

그때, 과수원 앞 좁은 길 사이로

천천히 자전거를 밟고 오는 사내아이

스르륵

흰 꽃잎 열고

배꽃으로 들어온다

—「가난한 축제」 부분

　발만 동동 구르던 나는 급한 대로 "재빨리 몸 안으로 배나무를 가지고 와 거친 내 몸에 심었다." 나의 몸이 배꽃의 향기로 화할 때야 비로소 배꽃 하나하나에 눈길을 줄 수 있었다. 이러한 눈길로 시조에 발을 들여놓은 지 19년째다. 늘 감성은 넘쳐났지만 시적 상상력은 나를 한 발자국도 앞으로 나가게 해 주지 않았다. 가난한 꽃을 피웠지만 열매를 맺을 수 없는 배꽃과도 같은 형국인 것이다.

　그간 시집 3권이 나왔다. 그러나 나의 주머니는 아직도 가난한 날들 투성이다. 마음이 가난한 내가 시조를 사랑해서 헤어 나올 수 없는 재개발지구 같은 것이다. 난 그곳에 엎드려 차가운 뺨을 대어 본다. 내 시린 손을 대어보기도 한다. 마음은 늘 시조밭에 있으면서도 열매를 맺기 위한 노력에는 늘 게을렀다. 이제 튼실한 열매를 맺기 위한 비옥한 땅과 거름을 준

비해야 할 때다.

2. 언어와 의미망 짜기

시조에서 언어의 미학은 절제와 응축에 있다는 것은 모두가 다 아는 사실이다. 정형의 아름다움은 언어의 멋과 맛에 녹여져 있는 것이다. '멋과 맛' 하면 언제나 뒤따라 생각나는 것이 있다. 여고 시절 담임선생님이다. 선생님은 새 학기 첫 시간에 무심한 듯 들어오시더니 아무 말 없이 칠판이 가득 찰 만큼의 큰 글씨로 "멋과 맛"이라고 쓰셨다. 그리곤 가만히 우리들의 눈을 한 사람씩 찬찬히 들여다보는 것이었다. 우리들은 순간 어쩔 줄 몰라 했다. 서로의 눈짓으로 '어쩌란 말야'하며 선생님의 말 없음을 곤혹스러워했다. 짧은 시간이었음에도 불구하고 그것은 마치 한 시간이 지나가는 것만 같았다. 그렇게 어색한 침묵이 한 5분 흘렀을까. 선생님은 조용히 입을 여셨다. 그때 많은 말씀을 하셨지만 정리하면 이렇다. "멋과 맛은 겉에서 나오는 것이 아니다. 내부 깊숙한 곳에서 울려 나오는 것이다. 그러니 내면의 아름다움을 가꿔 진정으로 멋과 맛이 있는 사람이 되라."는 것이었다. 오랜 세월이 지났지만 지금도 그 글씨는 3월 메마른 운동장에 사정없이 내리꽂히던 봄 햇살과 함께 나의 뇌리에 판화처럼 생생히 박혀 있다.

이 이야기를 언어에 대입해도 좋을 것 같다. "멋과 맛이 있는 언어", 여기서도 멋과 맛은 겉멋과 겉맛을 이야기하는 것이 아님이 분명하다. 깊은 멋이 있는 언어, 맛깔 나는 언어의 의미망 짜기는 작품을 창작하는 시인에게는 중요한 부분이다.

언어를 조탁한다는 일이 얼마나 고독하고 힘거운 싸움에서 나온다는 것을 나는 안다. 그 힘거움을 뚫고 나의 언어들이 정형화된 틀 안에서 맘껏 놀 수 있기를 바란다. '새로운 세계 인식', '치열한 현실인식' 등이 사실은 내가 고민하는 시의 멋과 맛이다. 그러나 난 늘 허우적거리고 있다. 이제라도 언어에 대한 새로운 마음으로 거듭나야겠다. 나의 언어는 혼자 핀 배꽃처럼 가난의 꽃을 피우는 것처럼 보인다. 시는 외부의 시간에 내면의 공간이 닿을 때 생겨난다. 외부의 공간에 내면의 충격이 가해지면 '언어'는 내 속으로 들어온다. 외부의 공간에 눈길을 주는 일을 게을리하지 않아야 하지만 언어는 "내게로 와 이카로스의 날개가 되어" 버리고 만다.

은빛 같은 볕 아래 뿌려지는 홑잎들
하나하나 말갛게 헹궈지지 않은 슬픔

가을날 첫 줄에 쓴다
서늘한 그리움이라고

내게로 와 이카로스의 날개가 되어버린
후조候鳥의 찢긴 날개, 비상할 수 없는 음성

켜켜이 접었던 아침
부화가 시작된다

— 「자모字母」 전문

모국어는 시인으로 하여금 시를 쓰게 하는 존재론적 기원이다. 온종일 바람 속에 박힌 자모를 찾아 시앓이를 한 날들이 수없이 많다. 현기증을 일으킬 만큼의 빛과 그늘 속에 말갛게 헹궈지지 않는 날들을 세기도 했다. 그러나 언젠가 "켜켜이 접었던" 날들 속에 부화가 시작되는 생명의 순간이 있으리라 믿는다.

좋은 시조는 내용으로 말한다. 형식이 없는 것이 아니라 형식을 잊게 하는 시, 그것이 좋은 시다. 문장을 긴장시키는 힘, 그것은 언어의 힘으로 결정된다. 그 힘이 시조의 존재이며 미래다. 언어의 멋과 맛을 부릴 수 있을 때 진정한 시인이 되는 것이다. "사람 속을/ 훑고 가는/ 희뿌연/ 바람/ 소리// 벌레들이/ 계절의 달력을/ 넘기는/ 소리// 그 소리,/ 화르르 지피고/ 달아나는/ 점령군(졸시「시」)이 내게 다가오는 날을 기다린다.

3. 새로운 가능성으로 의미망 짜기

그 흐드러진 꽃을 뒤로하고는 차마 발이 떨어지지 않았다. 그런데 그때 아주 작고 귀여운 남자아이가 자전거를 타고 그 꽃잎 휘날리는 과수원 사잇길을 달리고 있었다. 그때 나는 알았다. 새로운 가능성은 절망에서 피어난다는 것을…….

그냥 스쳐 지나칠 수 있는 장면이었지만 난 거기서 가능성을 읽었다. 배꽃이 열매를 맺을 수 없는 현실이지만 또 다른 배꽃은 천지사방에 필 것이고, 그리하면 반드시 열매 맺는다는 것을. 나의 시도 열매 맺지 못하고 그저 흐드러지게 핀 언어의 성찬으로만 가득 찬 것인지도 모른다. 하지만 어느 날 귀여운 아이가 새 생명을 알리면서 자전거를 타고 가듯 나의 시도 새 생명으로 물들 수 있음을 그때 알았다.

누군가 "문학은 숨 쉬는 경험이다"라고 했다. 나는 배꽃 사이에서 숨 쉬는 경험을 했다. 이러한 경험은 나의 시에 오랫동안 스며있으리라 믿는다. 나에게 '지금-여기'는 시조에 새로운 의미망 짜기에 초점이 맞춰진다.

이제 나의 사유는 새로움으로 꽃피우게 될 것이다. 몇 가지 화두를 새로이 꺼내 들기로 했다. 미처 눈길이 닿지 않은 곳을 새롭게 응시한다면 또 다른 풍경이 내 눈 속에 나포되지 않을까. 세상 사람들의 시선이 적게 가는 곳에 눈길 돌려 작은 소리로 노래하고자 한다. 합리성으로는 도저히 설명할 수 없는 현실에 내 시를 얹으려 한다. "내 귀는 늘 작고 작아 마음도 빈집"(「내 귀는 늘」)이었다. 작은 귀에 담긴 소리를 크게 듣고, 사람들의 안부를 가슴으로 듣고자 한다.

내 귀는 작고 작아 마음도 늘 빈집이다

애써 귀 늘려도 또다시 작아진다

뒤틀린 노래만 잠시 산허리를 감쌀 뿐

―「내 귀는 늘」 부분

정형 안에 뛰어놀 수 있는 이 판의 자유를 깨달은 것만으로도 다행이다. 그렇지만 꽃은 화려하고 햇살은 뫼르소를 부를 만큼 강렬하기만 했다. 배꽃을 재빨리 몸 안으로 가져와 내 몸 구석에 심은 것처럼 새로운 밭을 일구어야 하리. 삶은 계획된 대로 다가오지 않는다. 절박한 시간이 내게로 올 때 붉은 심장은 시조의 밭을 일구게 될 것이다.

삶이 꽤// 악착같이 들러붙을 때가 있다

절박한// 시간만이 내게로 올 때가 있다

퇴근길// 쪼그라든 해가 등 뒤에 걸린 그때

─「붉은 시간」 전문

시조로 붉게 물든 시간에 선배 시인들에 관한 공부를 하며 시조의 멋과 맛에 흠뻑 취했다. 생태학과 시조가 낯설지 않고 아주 자연스러운 것도 알았다. 시조가 가진 전통사상과 생태적 이미지가 문학의 원리로 작용하고 있다는 것도 알았다. 이 것은 단순히 시의 구조와 내용을 이야기가 아니라 시조 속에 있는 삶의 표층을 읽어내는 것이다.

N. 프라이가 문학의 원형을 "잃어버린 낙원에 대한 향수"라 고 한 것이나 G.루카치가 "별이 빛나는 창공을 보고, 갈 수 있 고 또 가야만 하는 길"이 문학이 지향하는 길이라고 한 이야기 를 다시 한 번 되새긴다. 시조의 길이 내게는 꼭, "가야만 하는 길"이 되었다. 이에 나는 생명의 창조적 에너지를 끌어올리고 자 한다. 삶 자체에 대한 긍정과 화합은 새로운 가능성으로 채색되리라 믿는다.

그러나 오늘도 수원역 계단 밑에는 술 권하는 사회에 삿대질하며 술병을 축내고 있는 이들이 있을 것이다. "이 강퍅한 세상에 목청껏 흔들리는 가락"으로 권주가를 부르지만 "빈 어둠만 귀 세우"(「권주가勸酒歌」)는 세상이다. 이제 "비뚤어지고, 착취당하고, 소외당하고, 고통과 죽임을 당하는 그 모든 것"들에 대하여 나만의 눈길을 보내야 할 때다. 온전한 생명과 삶의 무늬는 외경의 마음에서 시작된다는 것을 알기 때문이다.

빈 병이 일곱 개다
두 개는 넘어져 있다
사내는 셋이다
사내들 혀가 꼬였다
소리가 높아지더니 한바탕 몸싸움이다

보태준 거 있냐며 고래고래 악다구니다
통증을 모두 세워 허공을 찌른다
계단 밑 모든 눈들이 송곳으로 변한다

다시 앉은 술판은 빚과 파산이 권주가다
아니다 이 강퍅한 세상이 권주가다
목청껏 흔들리는 가락
빈 어둠만 귀 세운다
　　　　　　　　　　　　ー「권주가勸酒歌」 전문

　하이데거는 우리에게 말을 걸어오는 존재의 근원적인 '소
리'에 응답하는 것이 시인의 책무라고 하였다. 이제부터 시조
의 원형인 긴장미, 균제미, 완결미, 절제미 등을 충실하게 지
켜나가면서도 나만의 개성적인 감각과 사유를 얹어 노래하고
싶다. 근원적인 소리가 들려주는 말을 받아 적음으로써 시인
의 직능과 위의威儀를 완성해가고자 하는 소망을 이 글에 가만
히 얹어본다. ▨

· 1961년 강원도 정선에서 태어남.

· 2006년 경희대학교 대학원 박사과정 수료.

· 1996년 6월 중앙일보 〈시조지상백일장〉에 「물보라」로 장원.

· 1996년 『시조와 비평』 신인상.

· 1998년 〈동아일보〉 신춘문에 「밤에 눈 뜨는 강」 당선.

· 1997년 〈역류〉 동인 결성.

· 1998~2008년 〈역류〉 동인집으로 창간호 『강은 역류를 꿈꾼다』부터 『그믐의 끝』, 『나무야 쥐똥나무야』, 『낯선시간의 향기』, 『흰밥꽃』, 『뜬돌에게 묻다』, 『으악!하고 꽃이 핀다』, 『나무들의 수화』, 『그냥 툭 치고 싶은 매실나무』, 『13현의 푸른 선율』 등 10권의 작품집 냄.

· 2001년 첫 시집 『마른꽃』(동학사) 출간.

· 2007년 「따뜻한 하루」로 제26회 중앙일보시조대상 신인상을 받음.

· 2012년 두 번째 시집 『물무늬를 읽다』(시학)를 펴냄.

· 2013년 수원문화재단 창작지원금 받음.

· 2013년 세 번째 시집 『소리가 멈춰서다』(시작)를 냄.

· 2016년 경희대학교 박사학위 취득(문학박사).

· 현재 경희대학교 강사.

· 〈한국시조시인협회〉, 〈오늘의시조시인회의〉 이사.

· 〈역류〉 동인.

■ 참고문헌

· 이지엽, 「현실과 내면, 그 일탈의 자유의지」, 『강은 역류를 꿈꾼다』
역류동인시집, 좋은날, 1999.

· 이상옥, 「디지털 시대, 현대시조의 가능성」, 『그믐의 끝』, 좋은날,
2000.

· 이상범, 「시신詩神을 찾아가는 순결미」, 『마른꽃』 해설, 동학사,
2001.

· 장경렬, 「역류를 가능케 하는 힘의 근원을 찾아서」, 『낯선 시간의 향
기』, 세시, 2002.

· 민병도, 「역류, 그 강력한 도전의지와 현실에서의 궤적」, 『나무들의
수화』, 세시, 2006.

· 유성호, 「'역류'를 상상하는 정형의 미학」, 『그냥 툭 치고 싶은 매실나
무』, 알토란, 2007.

· 정수자, 「시선의 힘과 미학」, 『13현의 푸른 선율』, 알토란, 2008.

· 유성호, 「깊은 감각과 사유가 그려 낸 심미적 파문」, 『물무늬를 읽다』
해설, 시학, 2012.

· 문무학, 「다시 읽고 싶은 시조」, 『시조21』 2009 상반기호, 2009.

· 공광규, 「반전의 재미와 비유의 맛」, 『나래시조』 2012 여름호, 나래시
조시인협회, 2012.

· 이병금, 「지구의 자전 위에 피어나는 사과나무」, 『소리가 멈춰서다』
해설, 작가, 2013.

· 박성민, 「존재와 고독의 변주, 그 시·공간의 풍경들」, 『열린시학』,
2013 봄호, 열린시학사, 2013.

· 정희경, 「절창, 활홀하여라」, 『시조21』, 2013 여름호, 2013.

· 이송희, 「신간 시집 읽기」, 『열린시학』 2014 봄호, 열린시학사, 2014.

· 이달균, 「시조는 민족의 노래며 역사였다」, 『유심』 2015 6월호, 월간
유심, 2015.

· 이승하, 「한국시조문학의 발전을 위한 제언」, 『시조시학』 2015 여름
호, 고요아침, 2015.

· 김학성, 「오늘의 시조에 투영된 미의식 유형 분석」, 『정형시학』 2015
여름호, 열린시조학회, 2015.

· 유성호, 「단시조와 미학적 완결성」, 『정형시학』 2015 여름호, 열린시
조학회, 2015.

· 공광규, 「시조의 미적 갱신과 현재화」, 『여성 시 읽기의 행복: 공광규
평론집』, 시인동네, 2015.